Una sonrisa en el bolsillo

por Jarrod Zayas

PUBLISHING

pawprintspublishing.com

Diseño de la cubierta y el libro por Maureen O'Connor
Dirección artística de Nishant Mudgal
Ilustrado por Weaverbird Interactive

Editado por Bobbie Bensur y Alison A. Curtin
Traducción de Candy Rodó

Edición de bolsillo en español ISBN: 978-1-22318-320-6
Edición de tapa dura en español ISBN: 978-1-22318-319-0
Libro electrónico en español ISBN: 978-1-22318-321-3

Publicado por Paw Prints Publishing
PawPrintsPublishing.com

Algo no está bien de camino a la escuela
por la mañana temprano.
El día empezó oscuro
cuando suele ser soleado.

Miles camina calle abajo,
y a mamá le da la mano.
Pasan por la frutería del señor López,
que vende plátanos, piñas y mangos.

Él normalmente saluda.
"Buenos días", amablente les dice.
Pero hoy no se fija en ellos
y ni la mirada les dirige.

Mamá tira a Miles de la mano
y le sonríe dulcemente.
Pero hasta esa sonrisa
desaparece rápidamente.

A la vuelta de la esquina pasa
el camión de la basura.
La Sra. Anderson siempre les toca el claxon
pero hoy ni mira y se apresura.

Siempre se alegra de ver a Miles
y a su mamá
la perrita Margarita.
Pero hoy ella no salta al verlos
ni menea su colita.

Solamente husmea el piso
y sigue acera abajo.
Ignora a Miles y a su madre.
Miles se queda cabizbajo.

Miles está ansioso, confundido.
Su sonrisa ya no está.
Nada parece lo mismo
en este día de oscuridad.

Al llegar a la escuela
otra sorpresa le espera.
¿Dónde está el banderín azul?
¡Hoy es amarilla la bandera!

—En días de bandera amarilla
otras reglas hay que seguir —
dice la Srta. Franklin, la maestra.
Miles no puede sonreír.

—En días de bandera amarilla
hay que lavarse las manos con atención,
para quitarse los gérmenes.
Es una importante precaución.

—En días de bandera amarilla
es importante que las flechas sigamos.
No nos acercamos mucho
cuando caminamos o jugamos.

—Y, a la hora del cuento,
nos sentamos en nuestro cuadrado.
Miles se para a pensar y piensa:
"¡No es justo esto que ha pasado!"

A Miles le gustaba siempre
junto a su amiga sentarse.
Y reír, mientras escuchaban
hasta que el cuento se acabase.

Hoy, a la hora del cuento,
Miles se sienta junto a Vanessa.
—Por favor siéntate en tu cuadrado —
le recuerda la maestra.

—Lo siento —se disculpa Miles
mientras vuelve a su cuadrado.
Todo los niños lo miran.
¡Es que el pobre se ha olvidado!

Miles se siente cada vez peor.
Tantas reglas lo tienen cansado.
Normalmente es muy feliz,
pero hoy está estresado.

Cuando el cuento se termina,
Miles va con mucho cuidado.
Sigue las flechas, se lava las manos
y en su silla está sentado.

La Srta. Franklin se acerca a hablar con él.
—Miles, cariño, ¿qué te hace sufrir?
Me parece que estás triste
y echo de menos verte sonreír.

—No me gustan estas reglas —dice Miles.
—Son muy extrañas.
Prefiero cuando las cosas
son como cada mañana.

La Srta. Franklin dice:
—Estar triste es muy normal.
Pero lo nuevo, verás,
que no siempre es para mal.

—Todo esto —ella le explica,
— es para una buena causa.
Quererrnos y protegernos.

Y ella se toma una pausa.

—¿Qué dirías si te digo
que los adultos también
a veces nos estresamos
y no sabemos qué hacer?

—¿De verdad? —pregunta Miles.
Y ella contesta: —Así es.
El cambio es duro para todos.
¿Y sabes lo que hay que hacer?

Miles se levanta
y echa un vistazo a la clase.
Sus amigos están trabajando
y ni un ruido hacen.

Están siguiendo las reglas.
Están en su sitio y portándose bien.
Miles los quiere mucho y eso
quiere decir que ¡ellos a él también!

—Seguimos las reglas.
Miles también lo hará con atención.
Porque quiere a sus amigos
con todo su corazón.

—Sí —dice la maestra. —Eres un buen niño.
Y estas reglas no son para siempre.
Pero lo que me daría mucha alegría
es ver de nuevo al Miles sonriente.

—¿Y sabes qué otra cosa podemos hacer?
¡Darte una sonrisa para cuando no te sientas bien!

En una nota adhesiva la maestra
dibuja la cara de un señor con sonrisa y coronado.
—Ahora siempre tendrás al rey de las sonrisas.
Para que esté contigo cuando te sientas apagado.

—O para cuando quieras, te sientas bien o mal.
Tendrás siempre en el bolsillo una sonrisa
que nada ni nadie te podrá quitar.

¡Y así es que una sonrisa
en la cara de Miles aparece!
Ese Miles sonriente
que todos ven muchas veces.

En la mente de Miles,
empieza a crecer una idea.
Dibujará sonrisas
para todos a quienes vea.

Ese día, de regreso a casa,
Miles sonrisas reparte
a todo aquel que pueda
usar una para animarse.

Una a una da sonrisas
y a muchas personas anima.
Con un poco de alegría
a toda la gente mima.

Miles hasta le da
una sonrisa a Margarita,
que la lleva en su hocico.
¡Qué contenta está la perrita!

Con estas sonrisas
Miles quiere decir:
"Si estás triste o asustado,
o ansioso te empiezas a sentir,

hay un par de cosas que puedes hacer
para darle la vuelta a tu día.
Ayudar a los demás, respirar profundo
y siempre en el bolsillo llevar una sonrisa".

Lidiar con el cambio

por la Dra. Kaia Calbeck

A veces, estamos acostumbrados a hacer las cosas del mismo modo una y otra vez. A eso se le llama continuidad. La continuidad puede ser vivir en la misma casa, o ir a la misma escuela, o hacer las mismas actividades diarias. Tener continuidad es cómodo y nos puede hacer sentir seguros. De todos modos, el cambio es una parte normal de la vida. A veces, se puede anticipar y otras veces es inesperado y abrupto, como lo fue para Miles en el cuento sobre su día. No importa cuáles sean las circunstancias, el cambio puede ser incómodo y puede causar nervios, porque crea retos que no hemos afrontado antes. Con el cambio, también es normal sentirse triste, al darse cuenta de que la forma en la que hacíamos las cosas puede desaparecer. ¡Pero el cambio también puede ser el camino a cosas nuevas y emocionantes! Es importante tener preparados los mecanismos para lidiar con el cambio y hacer que las transiciones sean más fáciles y menos estresantes.

Cómo ayudar a los niños a lidiar con la ansiedad de un cambio:

- Haga que los niños hablen de sus emociones. Valide sus sentimientos comentando lo que ambos de ustedes van a echar de menos sobre los viejos patrones.

- Explique que todas las emociones son normales y también temporales. No hay sentimientos que duren para siempre.

- Trate de conectar con lo familiar — busquen maneras de incorporar partes de una vieja rutina a una nueva.

- Haga la transición a las nuevas rutinas lentamente y trate de hacer el cambio menos abrupto.

- Comente las cosas positivas de una nueva rutina con los niños.

- Si es posible, explique el cambio a los niños por adelantado. Dígales qué va a ser diferente para que se vayan acostumbrando a la idea.

- Explique por qué una rutina va a cambiar para que puedan procesarlo y adquirir un poco el sentido de control.

La Dra. Kaia Calbeck es psicóloga clínica con consulta privada en Miami, Florida. Es parte del equipo médico del Hospital Baptista de Miami, y ha sido miembro adjunto del profesorado de la Universidad de Miami y de la Universidad Internacional de Florida.